1
An Tine Mhór

Lá amháin bhí Cathal ag spraoi amuigh sa ghairdín lena chairde Séamus agus Ruadhán nuair a chuala sé duine ag béicíl.

"Sábháil mé! Sábháil mé! Duine éigin!" a bhéic bean óg agus í ag fuinneog thuas staighre i dteach in aice leo. Bhí púir dheataigh ag teacht amach as an teach agus bhí sise ag síneadh amach as fuinneog oscailte. "Tá an teach trí thine agus ní féidir liom éalú," a bhéic sí go faiteach.

"Gheobhaidh muid cabhair duit!" a bhéic Séamus agus é ag rith i dtreo an tí.

"Fan anseo tusa," arsa Cathal le Ruadhán. "Feicfidh mise an bhfuil aon duine thart chun cabhrú léi."

Rith Cathal leis ar nós na gaoithe ach ní raibh sé ar intinn aige aon duine eile a fháil. Isteach leis go beo ina theach féin. Suas na staighre leis ansin agus isteach ina sheomra codlata féin. Dhún sé an doras ina dhiaidh agus d'oscail sé an cófra go cúramach.

Captaen Díscátach

Aoife Ní Ghuairim
Léaráidí le Martin Fagan

Do Darragh agus Jack

Isteach leis agus cúpla soicind ina dhiaidh sin cé a tháinig amach ach an Captaen Catach é féin!

Culaith ghorm a bhí air le masc, cába dearg agus buataisí buí. Ach níorbh aon ghnáthchulaith í seo! Bhí cumhacht draíochta inti agus uair ar bith a chaitheadh an Captaen Catach í bhíodh seisean chomh láidir le fathach. Agus níos fearr fós, bhí an Captaen Catach in ann eitilt!

D'oscail an Captaen Catach an fhuinneog, léim sé amach agus d'eitil sé suas go hard sa spéir. Níorbh fhada gur bhain sé amach an teach a bhí trí thine. Bhí slua mór daoine bailithe ar an tsráid. Bhí an bhean bhocht fós ag an bhfuinneog ach faoin am seo bhí sí beagnach plúchta leis an deatach.

"Tá an bhriogáid dóiteáin ar an mbealach," a bhéic duine den slua go hard léi.

"Tá súil agam go ndéanfaidh siad deifir," a dúirt seanfhear lena thaobh, "ní mhairfidh sí mórán níos faide leis an deatach trom sin."

Go tobann, bhí splanc san aer agus thuirling an Captaen Catach anuas ón spéir. Bhí iontas an domhain ar na daoine a bhí bailithe thart.

Bhí sé stoptha san aer díreach os a gcionn lasmuigh den teach.

"Cé hé sin?" a bhéic duine amháin.

"Tá sé ina sheasamh san aer!" a bhéic duine eile.

"Sin é an Captaen Catach!" a d'fhreagair Séamus. Bhí sé tar éis go leor a chloisteáil faoin laoch seo ach ní raibh sé riamh feicthe aige…go dtí anois!

"An bhfuil tú ceart go leor?" a d'fhiafraigh an Captaen Catach den bhean óg.

"Tá… tá mé ceart go leor anois," a d'fhreagair sí go buíoch agus an Captaen Catach á hiompar amach as an teach. "Cheap mé go raibh mé i bponc ceart go dtí gur tháinig tusa. Ní chreidim go bhfuil buachaill chomh beag leatsa chomh láidir seo! Agus tá tú in ann eitilt freisin!" a dúirt sí.

Choinnigh an Captaen Catach greim daingean ar an mbean go dtí gur bhain sé an talamh amach. Chuala sé an bhriogáid dóiteáin ag teacht. Bhí sé ag iarraidh a bheith imithe sula dtiocfadh siadsan agus an slua chomh fada leis.

"Beidh tú ceart go leor anois," a dúirt an Captaen Catach léi. "Tabharfaidh na fir dóiteáin aire duit agus tabharfaidh siad go dtí an t-ospidéal thú le cinntiú go bhfuil tú ceart go leor."

Suas san aer leis de léim. Bhí sé in ann an slua a fheiceáil ag rith ina threo agus chonaic sé go raibh Séamus and Ruadhán in éindí leo.

"Go raibh míle maith agat, a Chaptaein," a bhéic an bhean óg agus an Captaen Catach ag eililt go hard sa spéir. "Shábháil tú mé!"

"Tá fáilte romhat!" a d'fhreagair an Captaen Catach agus d'imigh sé de splanc.

Faoin am a tháinig an bhriogáid dóiteáin bhí an tsráid dubh le daoine, agus gach duine acu ag caint faoin éacht a rinne an Captaen Catach. Tháinig otharcharr chun an bhean a thabhairt go dtí an t-ospidéal ach ba léir go mbeadh sí ceart go leor.

Bhí gach duine ag caint ar an mbuachaill rúndiamhrach seo a shábháil an bhean óg ón tine nuair a tháinig Cathal ar ais go ciúin i ngan fhios d'aon duine.

"Cá raibh tusa?" a d'fhiafraigh Ruadhán de. "Chaill tú amach ar an drámaíocht ar fad!"

"D'imigh mé chun cúnamh a fháil," a dúirt Cathal go soineanta, "ach nuair nár éirigh liom aon duine a fháil tháinig mé ar ais. Is cosúil gur chaill mé amach ar gach rud."

"Chaill tú, cinnte," a dúirt Séamus leis. "Fan go gcloisfidh tú céard a tharla."

Thosaigh sé ag insint an scéil do Chathal. D'éist Cathal go cúramach agus iontas air, mar dhea. Cinnte, bhí sé ag gáire leis féin ach bhí a fhios aige go m'fhearr ligint air féin nach raibh aon eolas aige faoin eachtra. B'amhlaidh ab fhearr!

2
An Buachaill
Dána

Lá amháin bhí Cathal, Ruadhán agus Séamus ar an mbealach ar scoil nuair a casadh Mícheál Rua orthu. Bhí Mícheál Rua ard agus láidir agus bhí sé cúpla bliain níos sine ná na buachaillí eile. Ní duine deas a bhí ann. Bhí sé i gcónaí ag piocadh ar ghasúir níos óige ná é féin, á mbrú thart agus ag caitheamh clocha leo. B'shin an fáth nár thaitin sé le Cathal agus a chairde.

"Ó! Féach cé atá ag teacht!" a dúirt Ruadhán go híseal agus é scanraithe.

"Bhuel, bhuel! Cé atá anseo againn?" arsa Mícheál Rua agus é ag siúl i gciorcal thart timpeall ar na buachaillí. Bhí beirt dá chairde ina seasamh in aice leis agus iad ag gáire. Thug Mícheál Rua buille do Chathal. "An bhfuil aon airgead agat inniu?" a d'iarr sé ar Chathal.

"Níl!" a d'fhreagair Cathal go borb, "agus dá mbeadh, ní thabharfainn duitse é!"

D'fhéach Ruadhán agus Séamus ar Chathal agus

iontas an domhain orthu go labhródh Cathal mar sin le Mícheál Rua. Bhí iontas ar Mhícheál Rua agus ar a chuid cairde freisin ach sula raibh seans aige aon rud a dhéanamh faoi tháinig an múinteoir ina dtreo.

"Déanaigí deifir, a pháistí," a dúirt sé leo, "tá sé beagnach a naoi a chloig."

"Nílim réidh leatsa fós," a dúirt Mícheál Rua go híseal i gcluas Chathail agus rith sé leis.

"Cén fáth gur labhair tú le Mícheál Rua mar sin?" a d'iarr Ruadhán ar Chathal agus iad ag siúl isteach sa scoil. "Ní stopfaidh sé ag piocadh orainn anois!"

"Níor cheart go mbeadh muid scanraithe roimhe sin," a d'fhreagair Cathal. "Níl ann ach bulaí mór. Caithfidh duine éigin múineadh a chur air."

"Go n-éirí leat mar sin," a dúirt Séamus ach ní raibh mórán dóchais ina ghlór.

Mar a gheall Mícheál Rua ní raibh sé críochnaithe

le Cathal ná lena chuid cairde. Ar feadh cúpla lá ina dhiaidh sin rinne sé tréaniarracht cur isteach orthu. Lean sé timpeall an chlóis iad ag am lóin agus é ag glaoch ainmneacha gránna orthu agus ag magadh fúthu. Bhagair sé ar na páistí eile agus dúirt leo gan labhairt le Cathal, Séamus ná Ruadhán agus ar ndóigh níor labhair siad ar fhaitíos go dtiocfadh sé ina ndiaidh. Ghoid sé airgead ó Shéamus nuair a chas sé leis ina aonar sna leithris. Ní raibh mórán faitís ar Chathal roimh Mhícheál Rua ach bhí faitíos ar Ruadhán agus ar Shéamus agus bhí olc orthu le Cathal as an trioblóid seo ar fad a tharraingt orthu.

"Níl aon duine ag labhairt linn mar gheall ar Mhícheál; ní phiocann aon duine muid le haghaidh cluichí agus tá faitíos ormsa dul chuig an leithreas i m'aonar mar gheall ar an mbealach a labhair tusa le Mícheál!" arsa Séamus agus é ag gearán le Cathal lá amháin.

"Tá brón orm," arsa Cathal le Séamus, "ach ar

cheart go gcuirfeadh muid suas leis an mbulaíocht sin?"

"Cinnte, níor cheart," arsa Ruadhán, "ach céard is féidir a dhéanamh faoi? Tá sé róláidir dúinn, tá an iomarca cairde aige agus tá faitíos ar an iomarca daoine roimhe chun seasamh ina aghaidh."

"Mmm…" a dúirt Cathal agus é ag smaoineamh, "caithfidh duine éigin seasamh ina aghaidh agus blaiseadh a thabhairt dó féin den bhulaíocht a bhíonn ar bun aige."

"Cinnte, ach cé a dhéanfaidh sin?" a d'iarr Ruadhán.

"Feicfimid," arsa Cathal.

D'fhág sé slán ag na buachaillí ansin agus d'imigh sé abhaile. Bhí plean aige a bhainfeadh an anáil as Mícheál Rua.

Lá arna mhárach, nuair a tháinig Séamus agus Ruadhán chomh fada le teach Chathail ní raibh sé réidh don scoil.

"Tá tinneas cinn orm inniu," arsa Cathal go brónach lena chairde. "Dúirt mo mham liom fanacht sa leaba. Tá sí ag ceapadh go bhfuil slaghdán ag teacht orm."

"Cathal bocht," arsa Séamus le Ruadhán agus iad ar a mbealach chun na scoile. "Is drochrud an tinneas cinn sin."

" 'Sea, cinnte," arsa Ruadhán, "ach ar a laghad is féidir leis éalú ó Mhícheál Rua don lá. Meas tú céard atá i ndán dúinn inniu?"

"Cá bhfios? Ach ní bheidh sé go deas. Bí cinnte faoi sin!" a d'fhreagair Séamus.

I ngan fhios do Shéamus agus Ruadhán bhí Cathal níos gnóthaí ná mar a cheap siad. Istigh ina sheomra codlata d'fhéach sé isteach sa scathán agus ar seisean, "Tá sé in am ceacht a mhúineadh do Mhícheál Rua." D'imigh sé isteach sa chófra agus tar

éis cúpla soicind tháinig an Captaen Catach amach!
Amach leis de phreab as an bhfuinneog ansin agus
é ag eitilt caol díreach i dtreo na scoile. Faoin am
a shroich an Captaen Catach an scoil bhí Mícheál
Rua tosaithe ar an mbulaíocht. Bhí Séamus i ngreim
láimhe aige, é caite suas in aghaidh an bhalla agus
bhí Mícheál Rua ag bagairt ar an mbuachaill
scanraithe a chuid airgid a thabhairt dó. Síos leis
an gCaptaen Catach ansin ar luas lasrach agus sula
raibh a fhios ag Mícheál Rua céard a bhí ag tarlú
bhí sé scioptha leis ag an an gCaptaen Catach suas
go hard sa spéir arís.

"Lig síos mé! Lig síos mé!" a bhéic Mícheál Rua
agus é ag féachaint ar an talamh a bhí i bhfad, i
bhfad thíos faoi. "Tá faitíos orm a bheith thuas
chomh hard seo! Titfidh mé... titfidh mé..." a
chaoin sé.

Choinnigh an Captaen Catach air ag eitilt thart i
gciorcal. Choinnigh sé greim ar Mhícheál Rua ach

bhí meadhrán ag teacht ar Mhícheál Rua.

"Ní deas an rud é faitíos a bheith ort, an ea?" a d'iarr an Captean Catach ar Mhícheál Rua.

"Ní hea! Scaoil síos mé! Scaoil síos mé, le do thoil!" a bhéic Mícheál Rua. Bhí a shúile dúnta aige le faitíos agus é ag caoineadh in ard a chinn.

D'fhéach an Captaen Catach ar an gclós thíos fúthu. Bhí slua scoláirí bailithe agus iad ar fad ag féachaint i dtreo na spéire agus ag gáire faoi Mhícheál Rua.

"Scaoilfidh mé síos thú má gheallann tú go gcuirfidh tú stop leis an mbulaíocht ar an bpointe agus go mbeidh tú deas le daoine eile."

"Geallaim duit! Geallaim duit! C-C-Cuirfidh mé stop leis ar an bpointe," a bhéic Mícheál Rua. "Ach scaoil síos mé, impím ort…"

"Ceart go leor," a dúirt an Captaen Catach, "ach má chloisim go bhfuil tú ag piocadh ar aon duine arís beidh mé ar ais."

I bpreabadh na súl bhí Mícheál Rua ar ais ar an talamh agus bhí an Captaen Catach imithe leis arís. Bhí na scoláirí eile ar fad ag gáire faoi Mhícheál Rua, fiú a chairde féin. Bhí seisean ag caoineadh agus ag siúl thart i gciorcal le meadhrán. Shiúil sé chomh fada le Séamus. Chuir sé a lámh a bhí fós ag croitheadh síos ina phóca agus tharraing sé airgead Shéamuis amach.

"S-S-Seo dhuit. Tá brón orm." Thug sé dó an t-airgead agus shiúil sé leis isteach sa scoil.

An tráthnóna sin, rith Séamus agus Ruadhán chomh fada le teach Chathail agus d'inis siad an scéal ar fad dó. "Bhuel, bhuel, bhuel, nár dhúirt mé libh nár theastaigh ach duine amháin chun ceacht a mhúineadh do Mhícheál Rua!" arsa Cathal agus é ag gáire. Agus bhí an ceart aige, mar ón lá sin amach bhí Mícheál Rua chomh socair le luch agus ní dhearna sé bulaíocht ar aon duine arís go brách.

An Captaen Catach

3
Trioblóid ar
an Traein

Tráthnóna Dé hAoine a bhí ann agus bhí gach duine ar bís mar go raibh an tseachtain beagnach istigh agus bhíodar ar fad ag tnúth leis an deireadh seachtaine.

"Céard atá ar intinn agat a dhéanamh an deireadh seachtaine seo?" a d'iarr Ruadhán ar Chathal fad a bhí an bheirt acu ag réiteach don rang deiridh.

"Beidh mé ag dul chuig cluiche sacair amárach le mo Dhaid," a d'fhreagair Cathal. Bhí sé ag tnúth go mór leis. Bhí na ticéid faighte ag a Dhaid roinnt seachtainí roimhe sin. Bhí sé deacair go maith ticéid a fháil chun an cluiche seo a fheiceáil agus bhí a fhios ag Cathal go raibh an t-ádh leo a bheith ag dul ann.

"Tá an t-ádh leat," arsa Ruadhán, "tá súil agam go mbeidh an aimsir go deas. Tá stoirm mhór geallta anocht ach sílim go mbeidh sé thart roimh mhaidin."

"Ó, is cuma liom faoi sin i ndáiríre. Is féidir liom

seaicéad báistí a chaitheamh más gá," arsa Cathal.

Lá arna mhárach d'éirigh Cathal go luath. Bhí rudaí le réiteach aige. Bhí air ceapairí a ullmhú don turas traenach agus bhí orthu a bheith ag an stáisiún chun an traein a fháil ag a deich a chlog.

Bhí an ceart ag Ruadhán nuair a dúirt sé go raibh drochaimsir ar an mbealach. Tháinig stoirm mhór an oíche sin. Dhúisigh Cathal i lár na hoíche agus chuala sé an ghaoth ag séideadh go fíochmhar agus an bháisteach ag bualadh go láidir in aghaidh na fuinneoige. Ach an mhaidin dar gcionn bhí an bháisteach agus an ghaoth láidir imithe agus bhí an ghrian ag scaladh sa spéir. D'fhéach athair Chathail ar réamhaisnéis na haimsire sular fhág siad an teach agus dúirt sé go raibh an lá geallta grianmhar agus tirim. "Beidh an lá seo iontach!" a dúirt Cathal leis féin agus iad ag fágáil an tí.

Ag a deich a chlog d'fhág an traein an stáisiún chun an turas a dhéanamh isteach sa chathair. Bhí an traein lán go doras agus bhí an chuid is mó den slua ag dul chuig an gcluiche. Bhí sceitimíní ar Chathal. Ní raibh sé riamh ag cluiche mór sacair. Bhí atmaisféar iontach ar an traein, daoine ag canadh amhrán agus ag caint faoin gcluiche mór.

Go tobann chuala gach duine díoscadh ard ó na coscáin, mhoilligh an traein agus tháinig sí chuig lánstad. Leagadh cúpla duine a bhí ina seasamh sa phasáiste agus thosaigh daoine ag ceistiú go hard céard a bhí tarlaithe. Ar deireadh, tháinig glór an tiománaí ar an gcallaire, "Tá brón orm ach tá crann mór leagtha agus é ina luí trasna na líne. Ní féidir leis an traein dul thar an bpointe seo agus caithfidh mé fanacht go dtiocfaidh inneall chun an crann a bhogadh. Beidh moill uair an chloig orainn ar a laghad. Tá na seirbhísí slándála gnóthach tar éis stoirm na hoíche aréir. Tá brón orm ach níl tada le déanamh ach fanacht."

Thosaigh gach duine ag gearán. D'fhéach athair Chathail air. "Tá brón orm, a Chathail, ach is cosúil nach mbainfidh muid an cluiche amach in am." Bhreathnaigh sé ar a uaireadóir. "Faoin am a bheidh an traein seo ag imeacht arís beidh siad ag dúnadh na ngeataí sa pháirc. Beidh an cluiche tosaithe faoin am a shroichfidh muid an áit agus ní scaoilfear isteach muid. Tá brón orm. Tá a fhios agam go raibh tú ag tnúth go mór leis an gcluiche seo."

Bhí Cathal croíbhriste. Níor chreid sé go dtarlódh sé seo agus é ag dul chuig a chéad chluiche mór. "B'fhéidir…" a smaoinigh sé. B'fhéidir nach mbeadh gá dóibh fanacht go dtiocfadh na seirbhísí slándála.

"Caithfidh mé dul chuig an leithreas, a Dhaid. Ní

bheidh mé i bhfad."

"Ceart go leor," a d'fhreagair a athair agus é ag baint an nuachtáin amach as a mhála. "Níl deifir orainn ar aon nós. Beidh muid píosa fada ag fanacht anseo."

Chuaigh Cathal isteach sa leithreas. Bhí sé cúng go leor istigh ann ach mar sin féin bhí sé beagnach chomh mór lena chófra sa mbaile!

"Tá go leor spáis ann," a dúirt sé leis féin.

Thosaigh sé ag rothlú timpeall faoi luas dochreidte agus tar éis cúpla soicind bhí an Captaen Catach ina sheasamh in áit Chathail. D'oscail sé fuinneog an leithris agus amach leis de ruathar. Thuirling sé ar an talamh os comhair na traenach agus chonaic sé an crann. Crann an-mhór ar fad a bhí ann agus é ina luí trasna ar an líne. Is beag nár thit súile an tiománaí amach as a chloigeann nuair a chonaic sé an Captaen Catach os a chomhair amach. Rith sé amach as doras a chábáin agus bhéic sé isteach sa charráiste. "An Captaen Catach! Tá an Captaen Catach amuigh ar an líne!"

Thosaigh daoine sa charráiste ag dreapadh thar a chéile chun féachaint amach ar an bhfuinneog, gach duine acu ag iarraidh an laoch rúndiamhrach a fheiceáil. Amuigh ar an líne, rug an Captaen Catach greim ar an gcrann. Lena láidreacht osnádúrtha d'ardaigh sé an crann ar nós gur craobhóg éadrom a bhí ina lámha aige agus chaith sé ar leataobh é. Bhí an líne glanta! Bheadh an traein in ann leanacht ar aghaidh anois agus bheadh gach duine in am don chluiche. Lig na daoine ar an traein gáir mholta astu nuair a chonaic siad céard a bhí déanta ag an gCaptaen Catach.

Bhí gach duine ag caint go gealgháireach faoin éacht a bhí déanta ag an gCaptaen Catach agus ní fhaca aon duine é ag eitilt go ciúin isteach trí

fhuinneog an leithris arís.

Tar éis cúpla nóiméad tháinig Cathal ar ais chuig a shuíochán.

"Cén fáth a raibh daoine ag gleo?" a d'fhiafraigh sé go soineanta ar a athair.

"Ó! Chaill tú amach ar an bhfloscadh ar fad! Tháinig an Captaen Catach. Thóg sé an crann amach as an mbealach agus is féidir leis an traein leanacht ar aghaidh anois!"

"Nach iontach é sin? Tá an Captaen Catach sin ar fheabhas ar fad!" a dúirt Cathal agus é ag gáire.

"Tá sé go deimhin," a d'aontaigh a athair. "Is iontach an mac é gan dabht!"

Leis sin, thosaigh an traein ag bogadh arís. Thosaigh gach duine ag bualadh bos. Faoin am a shroich siad an stáisiún sa chathair ní raibh siad ach cúig nóiméad déag déanach agus neart ama acu a mbealach a dhéanamh chuig an bpáirc sacair. Níos fearr fós, bhí an cluiche féin thar barr agus bhí an bua ag foireann Chathail.

Bhí sé déanach nuair a tháinig siad abhaile an oíche sin. Tháinig athair Chathail isteach ina sheomra chun "oíche mhaith" a rá leis sula ndeachaigh sé féin a chodladh.

"An raibh lá maith agat?" ar seisean.

"Ó! Bhí sé ar fheabhas!" arsa Cathal go tuirsiúil.

"Agus a bhuíochas sin don Chaptaen Catach!" arsa Daid. "Oíche mhaith anois," a dúirt sé agus d'fhág sé an seomra.

"Oíche mhaith, a Dhaid," a d'fhreagair Cathal agus thit sé ina chodladh. Bhí lá iontach aige gan aon dabht ach bhí sé tuirsiúil a bheith i do shárlaoch freisin!

4
An Timpiste Cairr

Lá fuar geimhridh a bhí ann, cúpla lá roimh an Nollaig. Bhí Cathal agus a chuid cairde tar éis a gcuid laethanta saoire a fháil ón scoil an lá roimhe sin agus bhí gach duine sona sásta. An mhaidin sin d'fhéach athair Chathail amach ar an bhfuinneog.

"Tá sé an-fhuar amuigh inniu. Is cosúil gur reoigh sé go dona aréir," ar seisean agus é ag féachaint amach ar an sneachta agus ar an leac oighir a bhí ina luí go tiubh taobh amuigh den teach. "Caithfimid a bheith cúramach má bhíonn muid ag siúl nó ag tiomáint inniu," ar seisean le Cathal agus lena bhean.

"Bhuel, ní bheidh mise ag cur cos lasmuigh den doras inniu," a d'fhreagair máthair Chathail. "Tá an iomarca le déanamh agam anseo chun a bheith réitithe don Nollaig."

"Ach céard fútsa, a Chathail?" ar sise, "an bhfuil plean ar bith agatsa don lá?"

"Tá," arsa Cathal agus é ag ithe a bhricfeasta. "Tá sé socraithe agam casadh le Ruadhán agus

Séamus sa pháirc ag a deich a chlog le dul ag spraoi sa sneachta."

"Bí cúramach agus tú ag siúl," arsa Daid, "beidh gach áit an-sciorrach agus dainséarach."

"Beidh mé cúramach," a gheall Cathal. Chuir sé a bhabhla sa mhiasniteoir agus suas staighre leis chuig an seomra folctha chun a chuid fiacla a ghlanadh.

Leathuair an chloig ina dhiadh sin bhí Cathal amuigh sa pháirc lena chairde. Bhí an ceart ag Daid. Bhí an áit reoite go dona agus bhí na bóithre agus na cosáin an-dainséarach. Thóg sé a dhá oiread ama air siúl chuig an bpáirc mar go raibh air a bheith an-chúramach ar fad. Bhí a chosa ag sciorradh ar fud na háite agus is beag nár thit sé cúpla uair. Bhí an pháirc suite ag bun cnoic. Thug Cathal faoi deara, ar a bhealach síos an cosán chomh fada leis an bpáirc, go raibh leac oighir ar an mbóthar. Bhí fána ghéar ar an mbóthar sin agus bhí a fhios ag Cathal go

mbeadh deacracht ag daoine smacht a choinneáil ar charr dá mbeadh siad ag teacht le fána an chnoic. "Tá súil agam nach dtriaileann aon duine carr a thabhairt amach ar an mbóthar sin," a dúirt sé leis féin.

Bhí slua mór páistí bailithe sa pháirc faoin am a bhain Cathal an áit amach. Bhí cuid de na páistí ag caitheamh liathróidí sneachta lena chéile, cuid eile ag déanamh fir sneachta agus bhí carranna sleamhnáin ag cuid eile fós acu agus iad ag sleamhnú ó bharr go bun an chnoic. Ba mhór an spórt é, go deimhin.

Chas Cathal le Ruadhán agus Séamus agus thosaigh siad ar fhear sneachta ollmhór a dhéanamh dóibh féin. Go tobann, chuala siad díoscadh ard ó choscáin cairr. D'fhéach siad go léir i dtreo an bhóthair. Bean óg a bhí ag tiomáint ach bhí sí tar éis smacht a chailleadh ar an gcarr. Bhí an carr ag sciorradh ó thaobh go taobh uirthi agus gan

aon neart aici air. Bhí gach duine ag féachaint ar a raibh ag tarlú ach níorbh fhéidir le duine ar bith aon rud a dhéanamh. Shleamhnaigh an carr síos an bóthar go trén agus bhuail sé go crua isteach i mballa cloiche ag bun an chnoic. Rith na páistí ar fad chomh fada leis an gcarr. Bhí drochchuma air. Bhí sé imithe isteach sa chlaí ar an taobh agus bhí taobh an tiománaí buailte go dona. Bhí an bhean tar éis a cloigeann a bhualadh agus bhí sí leagtha amach. Bhí fuil ag sileadh amach as gearradh ar thaobh a cloiginn agus bhí a fhios ag na páistí go raibh sí gortaithe go dona. Thóg Ruadhán amach a fhón póca agus ghlaoigh sé ar 999. D'inis sé don té a d'fhreagair é céard a bhí tarlaithe agus dúirt seisean go mbeadh otharcharr ann go luath.

Taobh istigh de chúig nóiméad bhí otharcharr ag barr an chnoic. Stop sé ar feadh cúpla soicind.

"Tá siad ag iarraidh a oibriú amach an bhfuil sé

sábháilte tiomáint ar an leac oighir," a dúirt Séamus.

"Ní dóigh liom go bhfuil," a dúirt Ruadhán. "Chonaic muid céard a tharla don bhean bhocht seo."

Bhí an bhean fós gan aithne gan urlabhra. Bhí a fhios ag Cathal gur theastaigh cúram leighis uaithi go géar. Thriail sé doras an chairr a oscailt ach ní osclódh sé.

'Tá an doras scriosta,' ar seisean leis féin. "Fiú má éiríonn leis an dochtúir teacht chomh fada léi, tógfaidh sé ró-fhada orthu í a fháil amach as an gcarr."

Bhí imní ar Chathal go mbeadh sé rómhall don bhean ghortaithe dá mbeadh orthu fanacht ar an otharcharr.

"Teastaíonn duine i bhfad níos láidre ná aon duine anseo," arsa Cathal leis féin agus é ag imeacht ón slua

i ngan fhios. Chuaigh sé taobh thiar d'fhoirgneamh
a bhí in aice láimhe, áit nach bhfeicfeadh aon duine
é. Nuair a bhí sé cinnte nach raibh aon duine ag
féachaint air rinne sé rothlú gasta agus… léim an
Captaen Catach amach ó chúl an fhoirgnimh! Léim
sé go hard san aer agus d'eitil sé os cionn an chairr.
Bhí an dochtúir ag iarraidh a bhealach a dhéanamh
síos an cnoc ach ní raibh ag éirí go rómhaith leis.
Cé go raibh sé ag siúl go han-mhall bhí na cosa ag
imeacht uaidh.

"Fan leis an otharcharr!" a bhéic an Captaen
Catach air.

D'fhéach na daoine a bhí cruinnithe ar an láthair
suas san aer. D'ardaigh osnaíl iontais ón slua.

"Féach! An Captaen Catach!" a bhéic duine
amháin.

"Beidh gach rud ceart go leor anois!" a bhéic
duine eile.

Go tobann, thuirling an Captaen Catach anuas le

taobh an chairr. I bpreabadh na súl tharraing sé doras an chairr glan amach ó na hinsí. Go réidh agus go cúramach, thóg sé an bhean ghortaithe amach as an gcarr agus d'iompair sé leis í go barr an chnoic, áit a raibh an doctúir ag fanacht uirthi. Go deas cúramach, d'fhág an Captaen Catach an bhean taobh istigh den otharcharr. D'fhéach an dochtúir ar an mbean a bhí ag teacht chuici féin de réir a chéile. Chuir sé bindealán thart ar a cloigeann chun an fhuil a stopadh agus labhair sé le tiománaí an otharchairr.

"Is féidir linne dul ar aghaidh go dtí an t-ospidéal anois. Beidh sí ceart go leor anois agus go raibh míle maith agatsa," arsa an dochtúir. Ach nuair a chas sé timpeall chun a bhuíochas a thabhairt don Chaptaen Catach bhí seisean imithe!

Thíos ag láthair na timpiste bhí gach duine ag scaipeadh. Bhí na páistí ag dul ar ais ag spraoi sa sneachta tar éis don ruaille buaille a bheith thart. D'éirigh le Cathal teacht ar ais sular thug a chuid cairde faoi deara go raibh sé imithe ar chor ar bith.

"Nach iontach an duine é an Captaen Catach?" arsa Ruadhán.

"Is iontach go deimhin," a lean Séamus, "murach é, d'fhéadfadh an bhean sin a bheith básaithe."

"Ó! Is iontach an laoch é cinnte," a dúirt Ruadhán, "cá mbeadh muid gan é?"

"Mmmm," arsa Cathal, ach níor dhúirt sé a thuilleadh!

Foilsithe ag Cló Mhaigh Eo,
Clár Chlainne Mhuiris,
Co. Mhaigh Eo,
Éire.
www.leabhar.com
094-9371744 / 086-8859407

ISBN: 978-1-899922-72-7

Dearadh: raydes@iol.ie
Clóbhuailte in Éirinn ag Clódóirí Lurgan Teo.

Aithníonn Cló Mhaigh Eo tacaíocht Fhoras na Gaeilge i
bhfoilsiú an leabhair seo.

Foras na Gaeilge